203號室的妖怪先生
MONSTER IN ROOM 203
MAE
U0131473

MONSTER IN ROOM 203

你看過妖怪嗎？
他們形貌類似動物，
又像似人類，
有的甚至擁有高度的智慧。
許多古代典籍中都有所記載。
山海經
阿嗚，你要去哪啊？都快9點了。
喔。
我作業忘記帶了，想回教室拿一下。
欸——但學校已經關了吧，你要怎麼進去？
但妖怪一般不會被人類所見，
所以一直被世人視為荒誕之物。
爬牆吧。
……這樣好嗎？

唉
啊……我什麼都沒看見沒看見……
如果對我來說也是這樣就好了。

chapter.1

一般而言，晚上比白天容易看到怪東西。
不過平時也很少在學校裡遇到，
應該是不會怎樣吧。(大概)
結果非常輕鬆就進來了……
學校這麼隨便沒問題嗎？
嗯？
班上的燈是亮的？
這麼晚了還有人在嗎？
有講話的聲音……
……
……我說啊，
不覺得這裡應該做成套房的嗎？
上廁所老是要走這麼遠好麻煩啊——
不就只是在走廊盡頭而已嗎？
很麻煩啊！
啊——不過現代人感應力這麼差，
好像，
就算我擦屎在他們桌椅上也不會被發現的吧——
還在討論奇怪的話題……

打開
！
!!
……啊。
〇〇〇〇〇〇
被看到了呢。
沉默。
探

蛇尾
……
快速思考中……
羽翅
—……
退
看向遠方。
碰！
欸!?
關起來了？

剛剛那是人類吧？他看得到我們!?
還非常自然地離去了？
不驚訝一下？
我想他是看到了…
髒東西吧。
盯。
…可以不要看得這麼露骨嗎？我的心是琉璃做的啊。
很脆弱的。
啊——別跑，人類！
不管如何！
先把褲子穿起來好嗎？
好迅速!!
已經到門口了嗎？
光速離開
看來他是真的看得到我們啊…我該震驚還是害羞呢…
現在的情緒好複雜啊。
把褲子穿好不就得了。
堅持什麼。

已經幾年沒發生這種事了呢——
啊……
不把他抓回來嗎？
嗯—
嘛，不急不急，這傢伙很有趣呢——
好久沒遇到看得見我們的人類了啊！
而且他可是看到了我的小●雞啊……
可不能這樣就算了……
你最在意的是這個嗎？
區高級中學

從昨天開始，
一臉疲憊。
阿嗚——早啊！
呃？
怎麼一早臉色就這麼差啊？
昨天沒睡好嗎？
我就不斷閃過人生的走馬燈。
重點是我還是沒拿到作業啊!!
啊……啊……啊……
（心中的回音）
？
……唉……沒什麼……
從小我就常看到一些怪東西，
大概就是一般稱之為妖怪的存在。
一開始滿害怕的，
阿嗚？
那裡只有貓啊？
國中
但漸漸習慣之後……

發現只要忽視他們，
其實也不會對生活有什麼影響。
早——
早安——
他們似乎也並不喜歡出現在人多的地方。
二年三
萬萬沒想到，
我努力了這麼久的平靜生活，
就這樣，
……
拍
拍
拍
拍
拍
毀在一坨屎上。
？
怎麼了？

早啊——
你作業寫了沒…
……
沾屎的所在。
…那麼，林鳴你唸一下這一段。
起立
蓋文章經國之大業，不朽之盛事，
年壽有時……
啊哈哈哈！
……曹丕說了什麼讓你笑了嗎？
……
……對不起…
憋笑
男生廁所
去廁所他們應該不會跟來了吧…
尾隨。
哼，普通大小。
哼
忍住…無視他……一定要無視他！
體育課中
阿鳴你熱身怎麼熱這麼久啊？
壓—
……
他們遲早會膩的……
拉—
啊？你幹嘛扮鬼臉？
無視……
便當—

這傢伙好煩!!
哎呀?
哈—
我還沒玩夠的說——
我放棄了……
你們到底想幹嘛……
首先……
你們是…妖怪吧?
不是不太會出現在學校這種人多的地方嗎?
欸—
那是以白天來說吧。

我們的確是妖怪，
而這裡晚上是妖怪的宿舍喔。
學校
妖怪宿舍!?
是啊——
我是孰湖，她是酸與。
孰湖
人馬鳥蛇集四形爲一身。
酸與
擁有4翼6目。
我們都住在這。
啊，詳細可以參閱《山海經》喔。
還真是貼心啊。

不過，4翼6目……？
……
!!
睜開
酸與是有需要的時候才會打開其他四目喔——
你說是宿舍的話……
你們住在教室裡嗎？
沒錯——
2-1 2-2 2-3 2-4
W.C
班別就是我們的房號。
我住在203號、酸與住在202。
順帶一提，我選203號是因為這裡離廁所近，又不會聞到臭味喔！
很聰明吧！
你到底對廁所在堅持什麼!!
但我明明很少在學校看到怪東西的…
我們主要是晚上回來睡覺嘛——
和人類的宿舍是一樣的啊！

肚子餓了——
但是……為什麼要住在學校裡？
住在這裡的，
都是因為某些原因失去居所的妖怪，
人為開發，
戰爭，
突來的災禍，
我們這些流離失所的妖怪就集中在這邊，
很多學校都是妖怪的宿舍喔。

很多學校裡……
我一點都不想知道這種事啊。
都充斥著妖魔鬼怪嗎？
雖然你這樣說……
但這裡是人類建造的房子啊？
你們住在這裡不是很奇怪嗎？
呵，真可笑。
!?
這裡的土地，在很久以前也是妖怪生活的地方啊。
你們強居在此這才叫奇怪吧？

況且對我們來說，
吃人也不是什麼大事……
……!!

嘛嘛，不過呢，這先放一邊啦。
因為這樣很麻煩啊。
擺。
!?
也是有過那段熱血沸騰，
與人類廝殺的日子啦。
但因為實在太累了，
現在看得到妖怪的人類也寥寥無幾，
太麻煩啦！
求和平！
求和平！
大多數的妖怪都主張和平相處呢——
好隨意的妖怪們啊。
其實我已經很久沒有和人類交流了，

不過…
你並不怕我們，對吧？
呃…？
算是已經習慣了吧？
我從小就看得到…
雖然這樣交談應該是第一次。
呵。
嗯嗯——那樣就好啦！
醒醒，該起來啦
拍
拍
ZZZ…
……？
什麼意思…？

阿湖——
跳
嘿咻。
俺有事要找你——……
貓…說話了…
○○○○○○
喵——
你這怎麼有人類啊!!
嚇掉俺的毛了啊!
緊張
拍拍拍拍拍拍
貓說話才奇怪啦!!
啊——算啦，這不重要。
好隨便!!
阿湖——借俺看一下電視吧——
喔，好啊。
不過你那間的電視呢？
請吧。

好像壞掉了唄，今天有木瓜之城重播，俺期待了很久啊——
討論
熱絡
這樣啊——
啊——你們真的太融入這裡了一點啊…
……總之，如果你已經很久沒接觸人類的話，
那為什麼要找上我呢？
……
欸嘿！

這個嘛……
想要……
吃人類的食物？
呼

但是……
歡迎光臨
你們是妖怪啊？
←因為要看電視所以留下來了。
要帶點回來給我啊。
已經在吃了。
想要吃什麼應該不難吧？
不不，
這你就不懂了。
沒錯，
要得到7-11、小吃攤的食物並不難。
好燙！
烤魷
新口味有點微妙啊。
我也要。
但我沒辦法點餐啊！就算只是想要吃個麥○勞都辦不到啊！
現在沒什麼客人呢。
是啊
揮
讓我點餐啊！人類！
不，我想重點是你也沒有錢啊。
點什麼餐啊。

好想吃垃圾食物啊……!!
妖怪的食物都好單調……
吃 吃 吃
再來一碗。
先不管那些了。
請你們客氣一點好嗎!!
你排什麼食啊!
欸 我不要紅蘿蔔，它好臭。
好的—
請再給我3份餃子。
……
怎麼了?
這是做什麼用的?
不知道欸，加到阿嗚的碗裡就知道了吧。
特辣
一般人的視角
滿滿一桌
那個人點了好多啊……
……他可能非常餓吧…

謝謝光臨——
哈啊——
真是太好吃啦！
終於吃到人類的食物了——
總覺得還沒飽啊。
好開心啊！
空——
還真是恭喜你啊。
太好了、太好了。
呵，
不只是人類的食物，
也是難得可以和人類好好說話呢。真的很開心啊。

遇到阿嗚…
真是太好了呢！
呃……
現烤章魚小丸子喔—
啊—！
!?
阿嗚！我要吃那個！
章魚小丸子
可惡！
但我遇到你們一點都不開心啦!!
你還沒吃夠喔！

……
阿嗚，你還好嗎？
身心疲憊
魂
你看起來怎麼比昨天還累啊？
昨天莫名其妙地吃到10點多，回宿舍時還被舍監罵了……
我還要吃那個！
讓我回去了啦！
該吃的都吃了，他們應該不會再來煩我了吧……
？
不過，意外地……
拉
唉
沒什麼啦。
是嗎——？

妖怪好像跟我想的不太一樣……
欸——你們有要玩嗎？
嗯？
好——算我和阿鳴下去。
那個黑黑的東西……
應該是妖怪吧？
黑色的眼睛？
在白天看到還真難得……
……？
掰掰——
明天見！

阿嗚，要一起走嗎？
嘿——
阿嗚——
今天要吃什麼呢？
不，你先走吧…
啊啊，我居然妄想他們會就此不出現呢！！
我真是太天真了。
今天是滿桌的垃圾食物。
有眼睛的黑團？
嗯，今天在學校裡看見的，
它也是這裡的住戶嗎？
嗯——的確有很多妖怪住在這，
但一般都不會在白天出來的，
畢竟這時候人太多了。
那個大概是軼吧。
軼？

雖然都是妖怪，但我們是具名妖。
而軼則是無名的妖怪，沒什麼意識和能力。
能力上來說大概是這樣吧。
神明
神獸
具名妖
軼
他們不算是這裡的住戶，只是憑著本能尋找棲身之所而已。
大部分都沒有固定的形體。
比起這個，披薩為什麼要買香菇口味的啊！
應該要都是肉啊！肉！肉！
食物全部都是鳴自己買回來的
嘖。
不然不要吃啊。混蛋貓咪。
啊——說到能力，
他就是僅次於神明的神獸，是白虎喔。
剛剛的示意圖也有喔。
呼呼
這貓是那個傳說中的四神之一？
真的假的？
真的啊——
白虎

那為什麼是貓的樣子……？
白虎的本體是隻貓？
不要吃屑屑啊，神獸。
拎
吃
吃
不是啦，因為這樣比較方便唄！
另外是虎爪很難按遙控器啊。
這真需要技術啊……
小心
翼翼
抖
抖
你真的對電視很執著欸。
你們兩個也有嗎？原本的型態？
有啊！
嗝。
初始型態
還有華麗的正裝喔！

……
嘩啦——
不過有下襬的衣服，上蹲式馬桶真的很困擾啊。
還是運動服比較方便呢——
不時會拖到尿……
妖怪真的是太隨意了啊。
最後一片↓
伸
俺的本體也是很帥的呢！
嘎噗!!
你不是才說他是神獸級別的嗎！
在食物面前無貴賤。

阿湖你這個不懂得敬老尊賢的混蛋……
死。
……
……
阿嗚。
欸？
為什麼？
我之前有提到過，會住在學校的，都是居所被剝奪的妖怪，
軼也是如此，但他們卻連這裡的居民都算不上。
嗯？
下次如果再看到軼，
還是離它遠一點比較好。
戳戳

也許也有對人類抱有敵意的，
你還是小心一點比較好。
敵意嗎？
我開始漸漸地不明白了……
晃過
大家看不到的，
名為妖怪的存在，
一定不是什麼好東西。
俺也要吃啊
這也是食物嗎？點心？
不是啦。我撈了很久欸。

很討厭，
阿嗚——
很可怕，
那是什麼？
偶爾會吃的零食，要吃吃看嗎？
和人類的牛肉乾很像的。
不要。
只要無視就好了。
一直以來我都是這麼認為的。
是這樣的……吧？
阿嗚——

這裡這裡——
呦！
你們來啦！
酸與！妳怎麼可以先吃！
不是要等阿嗚來一起吃嗎！
你太慢了。
有點耐心啊妳！
啊？
我要去上課了欸——
沒關係啦！
你們在幹嘛……
烤番薯？
因為番薯要趁熱吃啊！
雖然我做不出薯條啦，但烤番薯可是完全OK呢！
哈？就因為這樣嗎？
給——

啊……謝謝……
有點燙喔。
咬。
很好吃吧？所以一定要找阿嗚來啊！
……嗯。
來喝點酒唄——這樣才有吃飯的感覺啊——
喔！太好啦！
……

是說，一直都很想問，
你們，
不討厭人類嗎？
……
討厭啊。
我討厭人類，
也討厭妖怪。
欸？
「酸與」…
就是大凶之鳥的意思。

人類和妖怪都仇視我，
所以我也討厭大家。
但孰湖不同，
對他來說，這些似乎都不重要。
這和是人類還是妖怪沒有關係。
重要的是，
你自己又是怎麼想的呢？

我……
是如何看待他們的呢？
你們也來一點吧！
嗝！再來一瓶—
不要大白天就喝開了好嗎？
啊，突然想到，
這些番薯是哪來的啊？
喔！
那邊的花圃有很多啊。
……
雜亂
園藝社
啊……園藝社對不起……

阿嗚，你還不回去嗎？
我先回教室換個衣服。
身上好臭。
那先走啦——
掰——
咻——
……！
有黑黑的東西閃過去了？
又是軼嗎…？
……
其實軼看久了，跟龍貓那隻有點像呢……
這樣一想還覺得有點可愛啊。
可愛嗎？
哩
什麼聲音？
喀哩！
!!
喀哩！
咻！

喀哩—喀—
好大！
—哩
喀哩—
喀哩—
看起來……好像不太對勁？
喀哩—！
而且他吃了…
…喀！喀哩！
其他的軼!?
盯
……人類……
也許也有，
對人類抱有敵意的。

人類……………！
快逃!!
去死……
閃
不好……！
這裡是死路！
人類……

去死！

可惡!!
啪……

糟糕……
要掉下去了……
掉
我……
要死掉了嗎？
啊啊……
和妖怪扯在一起
一定沒好事。
我從以前就
明白的啊。

你自己，
又是怎麼想的呢？
「阿嗚！」
我覺得…

這段時間，
很開心啊。
阿嗚!!

!
孰湖!!
!!
酸與，妳先帶著阿嗚。
嗯。

交給孰湖吧。
欸！
跑得還真快！
啊！可惡！
白虎！
好啦好啦！
抓到了！

因為吃了其他的軼而變強了嗎……
先散了他的妖力吧，
在妖怪宿舍要與人類和平相處這可是規定啊。
這廝好像還有話想說的樣子……
喔？
……
為什麼……
為什麼……
放下
身為高貴的妖怪……
為什麼……
要幫低賤的人類……！
……

……啊……想回家啊……
……想回家啊……
……
……不管是人類、妖怪，
我們都只是生命而已，沒有什麼不同啊。

……
那隻鵺……
死掉了嗎？
只是讓它的妖力消散了而已，
妖怪可沒有這麼容易就死掉啊。
因為失去居所，所以對人類抱有敵意嗎……
我還是不知道，
在我心中，妖怪是怎樣的存在。
我不了解他們，
但是……
拍
！

阿嗚，走吧！
欸？
哇啊——！
難得變成原型，今天就這樣去吃飯吧？
啊——!? 要用飛的!?
真的假的！
是不是…

酸與——我們走吧！今天要吃什麼好呢？
肉——
欸——要飛過去喔？很麻煩欸！
從現在開始認識他們就好了呢？
快放我下來啦！不要一直用扛米袋的方式扛我啊！
不然用公主抱好了？
俺懶得飛啊——酸與啊——快帶上俺唄！
!!
碰！
肉……

嘗試了一下
公主抱。

chapter.2

從小我就看得見奇怪的東西，
吵雜
吵雜～
～……
一般被稱為妖怪的存在。
他們就存在我們的生活中，
但不喜歡出現在人太多的地方，
也不會主動接近人類。
一直以來我都是無視他們生活著。
萬萬沒想到的是，
呃啊……
妖怪
孰湖
妖怪
酸與
原來學校就是他們的大本營。
宿舍
神獸
白虎

之後我被妖怪玩弄，
你全部都要吃掉嗎!!
最喜歡垃圾食物惹♥
掉屑
煩死了…
被妖怪追殺，
又被妖怪救了。
好忙啊
阿嗚我餓了。
啊？
大概在這樣糾結的情緒之後，
而現在，
之前在追殺我的妖怪，
嗚啊——
別看這裡，別看這裡啊。
盯——
早安——
早——
現在正在我的桌子上。

這是同一隻軼嗎!?
是來向我復仇的嗎?我該做什麼反應!?
靠北。
這絕對是同一隻啊。
欸?
變小
!!
只有變大才能張開嘴巴嗎?
難以理解的構造。
啊?要給我的?
到底為什麼要放在嘴裡呢?
嗯…宿舍聚會?
二宿舍
宿舍聚會
邀請您的參與!
參加/不參加
第二宿舍?學校裡有這個地方嗎?
啊。

是指二年級的校舍嗎？
門牌號碼
二年三班
二年二班
学校的住民們
其他的妖怪(?)
二年級校舍的住戶(妖怪)聚會啊…
……
盯
不參加
沙沙
給你。
阿嗚—
嗯？一大早風這麼大？
我就知道會這樣…
為什麼不參加啦！

宿舍其他的住戶？
是我們每個禮拜都會辦的聚會喔！
參與的就是這棟宿舍的其他妖怪們。
果然有啊…其他的住民…
OH—YEAH!
其他的運動服怪物。
大家都很想認識阿嗚喔。
我拒絕。
為什麼!?
因為經驗告訴我一切會
其實我也不是想勉強你——
你已經勉強我很多事了。
無視
但你知道的，
會在這裡生活的都是流離失所的妖怪。
長久以來，
為了和平我們都沒有機會和人類好好接觸。
碰到阿嗚這樣的人類真的很難得…
揪心—
嗚呃。
真的不想來也沒關係啦…
罪惡感的…
重擔…

閃爍
閃爍
退—
我去就是了…
轉
好欸！這樣那些傢伙就無話可說啦！
這是我的責任嗎？
是我的錯嗎？
嗯？你說了什麼嗎？
沒有沒有！
說起來，他怎麼會在這裡？
喔！這傢伙啊？
不要抓我！
他現在是這裡的住民了喔！
雖然是吸收了別人的妖力，但確實已經是個有意識的妖怪了。
啊……
原來是這樣…
只是…
想回家啊。
不過因為之前攻擊過人類，
現在暫時和白虎住在一起。
收為看管。
那真是太好了呢。
拉
阿嗚…

你還真是口嫌體正直啊。
嗚—哇—
用比較潮的說法是叫做傲嬌嗎？
你知道你就是這樣很煩嗎？
這樣說起來，
他有名字了嗎？
如果還是叫軼的話，很不方便吧？
神獸
具名妖
能力薄弱的無名小妖怪
軼
畢竟只是個統稱。
啊。
這麼說也是呢。
現在才想到嗎？
那就叫做……
認真。
……小黑吧。
超隨便的啊你！
有沒有心啊。
啊—別忘了要帶伴手禮來喔。
這還比較重要嗎？
抓抓
揮
不要隨便弄我！
啊？
喔喔，有耳朵還滿可愛的呢。
這樣和白虎的形象重複了。
他會哭的喔。
吉祥物不需要兩個啊。
你這說法他才會哭吧。
抖抖
誰在討論我嗎？
哈啾！
沙沙

二年三班
碰
孰湖？
嗯？
盯
嗎。
嗯，不良嗎!?
啊，真的是看得到的人類呢。
嗯。

仔細一看，
孰湖呢？
獸耳(?)
角
剛去上廁所了。
有角和耳朵。
是妖怪啊。
又來了一個…
真的看得到我們？
還真難得啊！
果然這裡的住民…
什麼——!?
爬
爬
我看我看？
都是穿著運動服的怪咖呢。
毫無意外性…
啊—
會掉下來的！
十分的居家感
阿嗚！
我上廁所回來啦！
你來啦！
等你好久了！
看到大家了嗎？
他們都是這兒的住民喔！
啊對！
你好啊——

你好…
「大家都想見見阿嗚呢。」
我本來真的不相信欸！
阿湖說要打賭的時候，我也大笑了啊——
嗯？
所以，
欸？
押今天我帶不來人類的——
阿類也賭了不可能啊？
我沒想到現在居然還有看得到的人嘛！
揮
全都給我…
阿湖之前，
被用力地嘲笑了呢。
爬上
付出血肉的代價吧！
還給我…
我那被欺騙的良心！
啊哈哈哈！
怎麼可能嘛你說笑吧！
就帶來給你們看！
說到認識了人類的時候
算了我本來就有帶啦。
從山神老頭那裡拿來的喔！
血肉的代價(們)
那是供品吧？
……
拍—
伴手禮？
呃。
我帶了泡芙。

那……
總之就……
擺手
隨便地介紹一下吧。
有心點啊你。
我先我先！
抓
我叫寓，
這邊的大傢伙是狁！
啊哈！
這種感覺還真奇妙啊。
我叫做類，請多指教囉！
寓
類
狁
詐欺啊!?
是人類……把我們畫醜了啦。
我們長得挺好的？
不知道。
呼呼
請照書上的來好嗎。
！
你的反應好平淡啊！

↑《山海經》

還真是奇怪的孩子，是吧？
捏。
說是這樣說，
但本來也不會去接觸人類啊？就算是遇到看得到的人
不知道怎麼比較呢。
而且上次碰到看得到的人類，
應該是六七十年前了吧。
啊啊我懂！
戰爭的時候特別容易碰到呢。
不過，
我比較意外的，
是孰湖也這麼久沒和人類交流了嗎？
沾到奶油了。
嗯…
要說對話的話…真的很久了呢。
但阿湖一直都挺喜歡人類的吧？
是這樣嗎？
別一直…
抓我的腕。
問小酸就知道啦！他們總是在一起。
嗯…
孰湖不太在乎這些分別…
EH。
慢慢吃好嗎？
不過不管是誰，
反正遇到對孰湖有害的就全部做掉就好了。
也不用想這麼多啊。
放下泡芙再耍狠啦！

之前就有想過，
小時候，
盯——
也曾經有妖怪發覺我能「看得到」。
欸？
不過他們並不會特別跟人類接觸。
孰湖是第一個這樣做的。
擦
嗯……
…因為認識了人類也很寂寞啊。
？
不過，
倒
阿嗚，
是特別的喔！

欸？
特別？
咚、
沒錯！
只有阿嗚看我們時會用冷漠——又有點嫌棄的眼神！
好煩！
今天帶的是章魚燒!!
還有那想無視一切又無法的態度！
讓人好想欺負他啊!!
是吧——
煩死
笨蛋嗎？
舔不到…
↑奶油
欸!?
啊，不過想想這樣就錯過了一次機會了呢。
乾…乾淨了！
什麼機會？

咻
BANG!
SURPRISE!!
之前我就想過，如果有機會遇到看得到的人類，
一定要來個衝擊性的見面！
像是這樣!!
驚喜派對嗎？
其實以前如果有這樣的情況，都是自己先嚇一跳啊。
!?
和人類對上眼神了啊!!
什麼!?
妖
妖
妖
THE·動搖。
一瞬間的反應真的是那樣呢。
……
可以理解那種想要嚇人類一次的感覺啊。
狡你出點意見吧？
喔。
我來努力看看吧。
魄力
這種形式怎麼樣呢？
筋肉貞子!!
會被肌肉嚇到吧。
感覺有點太老套了，
不喜歡。
努力被駁回了。
阿湖，
你們第一次見到是什麼情況呢？
和阿嗚？
是啊！
喔——
是滿普通的啦。

就是裸著下半身的情況…
不要用這種講法好嗎？
感覺很討厭。
裸!?
單方面的啊！
我是清白的！
阿湖真好！
感覺很好玩！
是啊是啊！
阿嗚的反應總是很有趣呢！
不好玩!?
我也想要用個很厲害的方式和人類初見面！
那什麼啊？
咻一下—
碰一下—
來不及啦！
那就，再來一次就好了啊？
反正有阿嗚在嘛。

啊？
好像挺有趣的。
好欸！
再一次！衝擊的初見面篇！
取什麼章名啊！
狡，交給你了！
抓
抓
什麼？
柒
抓外星人姿勢。
阿嗚你就在外面等一下吧。
怕你無聊，小黑可以陪你喔！
二年三班
啊啊…
好疲憊…
我可以就這樣直接走嗎？

阿嗚——
驚醒
進來吧——
時間寶貴啊！
……
你們…真的是很會使喚人…
你不是早就習慣了嘛！
哈
那——
開
我進來了…
!?

統一服裝的感覺
純粹覺得有趣
怎樣都可以
阿嗚你的位置在這裡。
是要面試嗎!?
據說這是…
和陌生人見面最讓人類緊張害怕的情況之一!
這倒是真的!
到底在幹嘛…
眼鏡真是個神奇的東西啊。
裝備上就會有股知性的感覺!
下次來試試西裝好了…
知性之氣
繩子
為了戴上眼鏡我還花了一番功夫呢!
拍
總之請坐吧——
那麼,
您來到這裡的動機是?
這裡是我的學校啊。
說什麼啊你。

我明白了。
那麼……
阿嗚你戴上這個，
就和我們是一套的了。
我不要。
你都明白些什麼去了？
不合格。
不認同本社理念。
那你現在戴的跟我這換啊。
什麼理念？
沙沙
不要。
這明顯不是一套的好嗎！
是你的錯覺！
喂喂。
開
好了好了！別管阿湖了！
換我吧！
明明比較適合阿嗚的說
鏡子。
阿嗚什麼情況會被嚇到呢？
直擊。
列出個幾項我們一樣一樣試吧！
這不是你們現在要做的事嗎？
自己努力一下啊！

啊！
阿嗚老是一臉淡定嘛！
我也有些想問的。
嗚是小時候就看得到妖怪了嗎？
嗯？是啊。
給我玩玩！
變成單純的提問了嗎？
小時候的記憶
從我有記憶以來，一直都看得到吧。
欸——好厲害啊！
因為習慣了所以現在不會被妖怪嚇到了嗎？
啊？不，我每次都有被嚇到的？
熟能生巧？
對人類來說應該是個有點哀傷的技能吧。
你那不叫嚇到，比較像是「哇！怎麼可以這麼蠢」這樣的表情。
剛進門時的表情
剛剛也是。
NONONO—
嗯，那也是我的真實情感啊。
重點還是因為…
阿嗚不怕妖怪吧？

……！
…如果有生命安全疑慮的話，
還是會害怕的啊？
回想中
這是當然的啦。
我是指不會針對妖怪本身。
讓人嚇到的要點，
是氣勢嗎？
戴回去了
如果是氣勢的話，我也能夠有的吧！
狡光是身高，就贏在人生的起跑點了啊。
我知道了!!
我們加起來就行了!!
笨蛋指數
身高UP
笨蛋度增高了呢。
不會害怕嗎？

當然會害怕啊。
妖怪是和自己不同的，奇怪的存在。
因為「不一樣」，所以令人恐懼。
但是，
什麼啊？只是小孩子想引起別人注意吧？
又是那個孩子？好像說看得到什麼不好的東西。
嗚有夠怪的！
騙子！
那邊明明什麼都沒有啊！
嗚你以前不是很愛說，會看到什麼奇怪的東西嗎？
現在看不到了嗎？英雄——
什麼啊？中二病？
哈哈哈
哈哈…
真正可怕的是…

小声
因為……我和你們很像吧……
阿嗚你說了什麼嗎？
因為你們看起來，只是穿著運動服的怪咖和寵物吧。
什麼!?
運動服很方便呢。
是啊。
雖然好像無法反駁！
俺是寵物嗎!?
相同等級
俺這麼盡心盡力在治癒大家，
好歹也說是吉祥物啊！
俺長得這麼可愛！
拍
吉祥物有比較好嗎？
我看不懂你的標準啊神獸。
狡也要提問！
這個活動還沒結束嗎？
好啦！
那麼來喝酒吧！
已經膩了
噢！
太快了！
酸與你吃太多麵包了吧！
會肚子痛的！
嗯。
最新一集嗎？
在大家的抽屜裡一直沒看到，我好困擾。
…嗯。
我下次帶來給你吧。
感謝妖怪們對人類文化的厚愛啊。

阿嗚——
阿嗚睡著了?
嗚……
誰給他喝酒了嗎?
人類的高中生好像還不能喝啊。
啊。
搖醒看看?
嗚嗯……
別搖了,要是吐出來了怎麼辦啊。
啊哈哈哈!
這樣就有趣了。
是說,我可以理解孰湖你說的了。
嗯?
想做些什麼的手
為什麼說嗚是特別的?
因為他是個很老實的孩子吧。
會帶泡芙來給妖怪吃,
叫他在外面等也乖乖等!
明明直接回去就好了說。
是吧!

會和妖怪玩在一起的人類…還是第一次遇到呢。
嘶—
啊口水流出來了。
虎皮吸水沒關係啦。
是這個問題嗎！
不過，
阿嗚應該不能住在這裡吧？
已經睡著了
啊！這麼說起來也是。
嗚好像是住在宿舍？
人類的。
喔！我知道在哪，我有偷偷跟著他回去過。
別這麼像變態啊。
別忘了這個。
當然！
抓
那我帶阿嗚回去啦！
嗯。小心點啊。
沒問題嗎？
生宿舍
喀啦!!
嗚？你也太晚回來了…
從窗户被丟進來了。
呃啊!?
好濃的酒味！
你還好嗎？
不好…倒著讓我更想吐了…
咕嘔…
別吐啊!!
拜託你忍住！別吐在房間裡！

在妖怪宿舍有了
歸宿的小黑。
毛色
亮麗

chapter.3

抱歉！給你添麻煩了。
阿新。
沒關係啦。
都說了不用在意的。
新
鳴的好友兼室友
只是吐在我身上而已，沒關係啦。
還好沒有沾到床或其他東西，
不然收拾就有點麻煩了呢。
啊哈哈
對不起！
你的笑容讓我壓力好大啊！
不過你最近到底在忙什麼啊？
晚上也常常很晚才回去。
呃…說來話長啦…
和你帶回來的那個有關？
鬍子眼鏡
你是希望什麼個有關法啊…

是交了女朋友嗎？
如果是這樣我就能理解了啊。
需要花很多時間什麼的…
嗚？你有在聽嗎？
盯—
餓了啊。
肚子
這樣就不有趣了呀！
來喝酒吧！
有沒有下一集？
阿嗚～！
來玩吧！
女朋友…？
哪個？
女朋友絕對沒有比那些傢伙麻煩吧…
沒事。不是女朋友啦…
？
拍！
嗯？什麼聲音？
滑
!?

嗯啊
阿——
嗯啊
嗯啊
嗚——
嗯啊
滑
YO——
不要用這種奇怪的方式出現啦!!
什麼?
貓!?
欸?
突然就貼到窗戶上了!
貓這樣掉下去也沒事嗎?
……!!
阿新你看得到嗎?
嗯?有看到啊?
你剛也是被牠嚇了一跳不是嗎?
貓咪。
…只有貓?
所以是只看到了白虎的意思嗎?
這表示說…

白虎在貓咪型態時，一般人也是看得到的嗎？
因為是神獸，好像是滿有可能的…
嚇了我一跳…
不過仔細想想，如果新看得到妖怪，我也不會現在才發現…
……
啊！
糟糕，表現的太驚訝了嗎…
盯
啊！忘了老師叫我去辦公室，我先走了！
喔？你去吧。
好多葉子！
剛剛直接摔下去了呢！
果然玻璃無法穩穩的抓住啊——
…你是想追求什麼？
蜘蛛人？
這……
阿嗚你來啦！
喔喔——

這麼廢宅的景象是怎樣啊！
中午不就該曬曬太陽嘛。
阿嗚要吃橘子嗎？
柑
在沒在使用的儲藏室外的陽台。
居然連P●3都有!!
那是白虎去撿來的喔！
俺有想玩的遊戲發售了嘛——
可惜還撿不到P●4啊。
這個精通機械的宅貓！
好歹也說是宅虎好嗎！
是虎！虎！才不是貓！
不過你們不冷嗎？
這季節不待在室內還真是有點受不了…
啊啊…也是——
我也覺得果然這樣下去不太行啊。
應該要把首要目標定在撿到暖桌被嗎…
遊戲機什麼的再等等吧。
不行啊！冬天是個玩3●S的季節啊！
什麼季節啊。
而且我想暖桌被是撿不

現在暫時用P●3的溫度溫就差不多了啦！
欸——
範圍太小了啦。
還真是實用啊…P●3。
學學他們兩個吧！
別老是喊冷咩！
蛇是需要冬眠怕冷的生物啊！
短袖短褲
你不是只有四分之一是蛇嗎！
只有尾巴！
阿嗚別管他們了。
吃點東西吧！
啊…謝謝。
來——吃這個吧！
嗯？
煎蛋捲？
這應該不是你們做的吧？
…應該說，
你們這裡…
各種食物。
吃的東西也太多了吧？
那是手工便當嗎？

啊，
吃的都是，
白虎弄來的喔。
!!
欸？
COME!
就像這樣。
招手
？
吵雜
呀！
是貓咪呢！
欸—
還真親人啊！
好可愛！
我前幾天也有看到牠呢！
我這裡的餅乾給你吧！
好可愛
人類好像對白虎沒有什麼抵抗力啊！
可以拿到很多吃的呢。
用貓咪的樣子去騙吃騙喝！

呼呼呼。
本以為現代人對神靈已經沒有崇敬之心了。
戰利品→
但是俺的時代來臨了啊!!
神獸倍受尊敬的時代!
嗯，這年頭貓奴真的很多呢。
拍
不過，還真的大家都看的到，
明明也是妖怪的說。
這種感覺好奇妙啊。
他是神獸啊，力量比較強大。
所以有天孰湖也能做到嗎？
可能一千年後吧。
喵~
不過在妖怪宿舍（學校）要和人類和平共處這件事而言，
一般來說會和人類保持一點距離的吧？
常識而言。
沒辦法啊。神獸想幹嘛就幹嘛我們可管不著的。
重點是這樣才有好料吃啊。
那個，林鳴同學！

嗯？
班上的同學⋯叫什麼來著⋯
你一直都不在教室，我找你找了好久欸！
啊，有什麼事嗎？
你可以參加運動會的足球比賽嗎？
我們班的參加人數不夠。
之前體適能測驗，你的短跑很快吧？
那個我不太會踢足球，
我不想參加⋯
但你和那個足球隊的新是好朋友吧？
多少有踢過吧！就當作是湊人數嘛——
足球社
是先發主力隊員
啊⋯⋯
抱歉。
你們還是找別人吧。
林鳴同學！
⋯⋯
我也要吃！
吃吃
阿鳴為什麼不去呢？
人類很重視這個吧。
團體行動。
啊——
這樣的班級競賽很麻煩的，
要一直練習什麼的，
很累啊。

要和很多人相處，
你很怪欸。
噁心。
？
……
真的很麻煩。
阿嗚。
彎腰！
!!
!!
嗯？怎麼了？
不能用這麼陰沉的臉吃東西喔。
嗚！

……嗯。
很好！
嗟嗟嗟—
？什麼東西衝過來了…
那是小春為我做的炸蝦啊！
還給我！臭貓！
女朋友
是吃掉誰的便當了!?
阿湖！
咱去吃點熱的吧！
好欸！那麼，
食物吃完的失落中。
哇呀—
阿嗚也來吧！
拍
哈啊？
這叫做什麼？翹課？
你既然知道有翹課這個詞，就放我下來啊！
午休快結束了！
欸你們要出去喔？
果然冬天還是要吃點熱的吧！
走吧！

都有點習慣被這樣背著了啊…

所以到底為何要帶我出來？
欸？天氣這麼冷…就是該用個熱的東西做結尾吧？
去吃湯圓！吃湯圓！
阿鳴也這樣覺得吧？
只是因為這樣嗎！
這傢伙…
單憑食慾在過每一分鐘。
什麼都沒想吧。
…要很好吃才行啊。
湯圓。
真的很好吃喔！

小虎！
你今天也來啦！
喵—
他們看起來很熟！
是有多常來討吃的啊…
躲在旁邊的一群人。
不過，
就因為看得到嗎？
今天是芝麻湯圓喔！
喵—
白虎和這些人感情還真好。
打擊
今天的是小碗的！
……
這樣會不夠吃啊！
是說，你們也會想像白虎這樣嗎？
可以和一般人類相處之類的。
可以討吃的這點挺不錯的呢！
NICE!
好想被餵食！
我的重點不是在這裡。

？
也要像白虎一樣可愛才行吧。
動物的型態嗎？
這樣我也可以…
與其說是動物型態，重點還是可愛吧？
貓咪很可愛啊！
嗯。
傳說中的
動物型態(?)
孰湖長的不可愛。
沒辦法呢。
應該說還蠻不舒服的…
揮
好過分!!
嗯……不過說真的，
可以拿到吃的是好啦——
？
不，都說了阿湖你長得太醜了。不行啦。
一直這樣說我也是會受傷的好嗎！
如果這樣和許多人類結了緣分，
跳
最後一定會很寂寞的吧。

……上次，
孰湖也這麼說？為什麼？
因為，妖怪的時間和人類的時間不一樣啊。
在我們看來，
人類的生命一瞬間就過去了。
每個離別的時刻，
都會非常寂寞的吧？
謝謝光臨！
……
阿嗚！
快現在，吃啊！
吃得好飽——
最後還是負責買了大家的份。

…好吃！
是吧——！
！
冬天好容易肚子餓啊！
對你來說是無時無刻吧。有差嗎？
……
嗚——
唧唧唧
滑
阿嗚——
這個登場方式已經用過了喔。
要不要換一個啊。
不是啦——
是白虎失蹤了！

沒回來宿舍，
被叫過來了。
應該還好吧？
妖怪們不都活得自由自在的嗎？
阿嗚你要是知道白虎有多宅就不會這樣說了啊！
他新帶回來的遊戲還沒通關欸！
平常都會三天三夜打通的喔！
全支線全要素通關!!
心跳☆森林王子殿下
——心跳☆森林王子殿下——
打敗王子們的猩猩僕人，奪得森林之王的名號。兼具戰鬥與戀愛的乙女向遊戲。
到底是什麼遊戲啊那個。
令人好奇。
該不會…
是被捕貓大隊抓走了吧！
好歹也是神獸不至於吧？
還是他終於決定要當一隻家貓了！
雖然我是懂那種誘惑啦！
神獸的墮落！
重點是這樣的話，
就沒人能去搞好吃的來了啊！
只能依靠阿嗚了嗎！
吃的很重要的!!
……
疏離感。

一起去找白虎吧！
啊？
阿嗚一定也很擔心白虎吧！
走吧走吧！
不是這個問題！
又要出去了嗎？
看來是呢。
不是啊……
？
白虎
盯
我們去橋那邊看看喔！
OK——
怎樣也不會在那裡吧？
啊！這裡是，上次來的那家甜點店……
嗯——
最近白虎很常來呢。
欸？是最近的事嗎？
我們以前很少繞來這邊，
但這一陣子好像天天都會來吧。
看白虎和店員這麼熟。

嘛—
雖然不知道為什麼…
不如阿鳴你去打探一下吧!
怎麼打探啊!
請問—
!
你是前幾天來買過東西的高中生吧?
在這個時間點出現的高中生很少,還滿有印象的…
有什麼事情嗎?
一個人鬼鬼祟祟看起來行跡可疑!
啊!
我在找一隻虎斑的白貓,
他好像很常跑來這附近。
貓咪…是小虎嗎?
啊!抱歉!這是我自己幫他取的名字!
你是那隻虎斑貓的主人嗎?
揮
我還以為是野貓…
有點難說明,
不過牠是跟野貓差不多自在啦。
不用在意。
我想,牠現在應該還在我爺爺那裡喔。
麻煩你跟我進來吧。
你爺爺那邊?
其實這裡是我爺爺開的店,不過他生病住院了好一段時間,
前一陣子才出院回來。
以前他在店裡養了一隻白貓,
不過在幾年前已經過世了。

爺爺他偶然在院子看到那隻虎斑貓，似乎把牠當成以前養的白貓了。
一直都不肯讓他走。
我和家人只好在爺爺睡覺的時候，把貓咪放出去，
爺爺？貓咪是哪裡來的？
這是小白啊！
牠不是啊爺爺…
說也奇怪，
這一段時間貓咪卻自己來找爺爺。
喵
又跑來了？
我就說牠是小白吖！
這幾天天爺爺的身體狀況不太好，
貓咪好像一直待在爺爺旁邊。
託牠的福，爺爺看起來很開心的樣子。

那個人類…
快要死了喔。
！
……妳怎麼會知道？
因為我……
是代表災厄的妖怪啊。
拍
欸？
讓貓咪繼續待在這裡沒關係嗎？
沒關係。
想回來的話，牠自己會回來。
找到了嗎？
太好了——
過幾天就會回來了？
累了。

幾天後，白虎若無其事的回到了宿舍。
阿嗚！我們來玩心跳☆森林嘛！
那個奇怪的遊戲嗎？
你先下來好嗎？
！
別拎俺啊
還是不參加喔？都這樣拜託他了。
自以為不融入班級很帥吧。
林嗚那傢伙跩什麼啊。
啊—還是變成這樣了啊……
真麻煩……
如果……
嗚看不到妖怪的話，
也許就能和人類好好相處了吧？
嗯——
阿嗚！
思考。
…也許吧。
看不到會輕鬆許多呢。
來玩吧
不過，
現在這樣大概也沒什麼不好的吧。

吁—
因為阿嗚和我們已經是朋友了嘛！
嘀
才不是朋友啊。你們只是需要餵食的寵物吧。
拍
白虎這樣還挺暖的感覺！
阿嗚，傲嬌這設定已經過時了喔。
我都懂的攻略這種路線的了耶。
煩死了！
被食物的香味引來路過這裡。
小白！
誰!?
你都跑哪去了！
你別跑啊！
喵
喵
喵
被抓住了！
爺爺會去準備你最喜歡的貓飯喔。
爺爺，
一直都記得你的口味喔。
一直都在等你回來呢。
再一起悠閒地睡個午覺吧。
喵——

後來宿舍也剛好當了室友。

chapter.4

～心跳☆森林王子殿下～
兼具戰鬥與戀愛的乙女向遊戲。與王子的猩猩隨從們開心的戰鬥吧♥
隨從 強尼
想去找王子？就跨過我的屍體吧！
……我說啊，
嘿！
▶戰鬥
逃跑
這個遊戲真的有王子嗎？
一直在打猩猩。
你不懂這就是這個遊戲的醍醐味唄！
中高

不過只是個猩猩為何要用這麼多玫瑰花啊。
煩死了。
增加讓玩家想打死他的心吧。
欸——！
真稀奇啊！
阿嗚怎麼這麼早就來了？
很期待玩結局嗎？
猩猩乙女GAME。
說期待嘛…是有點啦。
而且，
為什麼還穿著運動服？
啊——

！
林鳴同學真是抱歉啊！
不小心潑到你了。
別這麼兇的臉嘛！
我們又不是故意的——
不過是抹布水，可能會有點臭啦！
哈哈哈！
嘻笑
抱歉喔！
算是被露骨地找碴了嗎？
真麻煩啊……
不過就這樣濕透進教室的話，阿新大概會碎碎唸吧。
哈啾！！
好髒！

！
給你。
？謝謝？
嘎！別擠俺啊！
昨天剩的麵包要嗎？
酸與別搶俺的位置啊！
小時候，
常常因為被欺負而難過。
但現在卻不像以前那樣痛苦了啊。
欸——是嗚欸！
我們拿暖爐來了喔！

轟隆
暖——
感覺離開它的話，人生就再也振作不起來了啊。
啊。完全可以理解。
你們在幹什麼啦？
剛剛和第一（一年級校舍）宿舍的傢伙討論了一下祭典的事情。
阿類！你好慢啊！
喔喔！說起來祭典的日子就快到了呢！
要開始做準備了嗎！
烤個橘子唄！
祭典？

像你們之前的聚會？
廢柴們一起喝酒？
不不不。
是全宿舍以及附近的妖怪們都會一起參加的活動喔！
一年一度的大祭典！
所以會做什麼？
舞龍舞獅之類？
欸
想像畫面
喲嘿咻
喲嘿咻
和人類的很像啊——
祭典的重頭戲必須是，
大隊接力吧。
還有兩人三腳！
拔河也很好玩！
今年一定要贏一舍的傢伙！
拍
喔——！
原來是運動會啊——
有什麼東西弄錯了吧。

阿嗚！
放
你不是比我還早出門嗎？怎麼都第三節課了才出現啊！
啊——
沒啦就有點事…
上課囉——
啊——不過總覺得好累我先睡了。
一早耗費了不該花費的腦力…
喂。
他看起來完全不在乎欸——
嘖！
再來，
範例二的部分，
有沒有人自願上來回答的？
沒有的話就照座號……
老師——
舉

老師──
林鳴在睡覺啊。應該是都會吧！點他啦──
嗚！快起來！
？
這女的……
是嗎？那就林鳴同學上來寫吧。
欸!?
點到你回答了，例題二。
嘻嘻
笑
快點上來寫吧。
……

正確答案，
答得很好。
剛睡醒還能耍帥啊。
煩死了。
拍
那傢伙的功課很好嗎？
嗯？你說林鳴嗎？
我一年級時跟他同班，他頭腦挺好的喔。
可惡…
妳為何這麼看不爽林鳴啊？
他存在感不高也沒有幹嘛吧？
我就是看不爽他一副自命清高的樣子！
欸…是嗎？
不過他看起來朋友挺少的，有時候還會自言自語…
啊不過說到這個，我有聽說過林鳴國小時好像挺有名的。
國小？

好像是說看得到什麼不乾淨的東西，
因為這樣在班上被欺負得很厲害呢。
喔——聽起來很有趣嘛。
哈哈哈！妳又想幹嘛了啊？
我倒想看看他可以這樣一臉淡定到什麼時候。
哈欠—
掰啦！我先去社團了。
嗯。
先去找那群傢伙吧。
雖然我想他們等等就會過來了……
今天能不能玩出結局呢——
林鳴同學。

可以問你一些事情嗎？
又是這群人…
……嗯。什麼事？
不是快要園遊會了嘛！我們在考慮要不要做鬼屋，
然後就聽說了喔——
林鳴同學你…
看得到「那種東西」對吧？
國小的時候你常說的吧！
看得到什麼？鬼嗎？妖怪？
有點可怕欸！
…看得到什麼的，
就只是小時候的開玩笑罷了。
欸——是這樣嗎！

我就說嘛！
果然是騙人的吧！
啊哈哈哈！
就是耍中二以前才會被排擠的吧？
咕咕——
去找阿嗚吧！
嘛——你們別這樣說啦。
要是真看得到那種不好的東西，
很噁心的吧？

那群，
珍惜著與人們相處的時間的傢伙，
是「不好的」存在嗎？
真正噁心的，
是誰啊？
——是啊。
看得到喔，
那種東西。
推
有長髮的女人正瞪著眼看妳呢。
在妳的身後現在就有。
現在應該覺得身體很沉重吧？

寒…
什麼…
冷顫
啊啊
啊啊
啊啊
啊啊
啊哈哈哈哈！你們兩個幹嘛啊！嚇成這樣！
白癡喔！
不是啊！真的有一股寒意…
趕快閃吧。
阿嗚！
配合得很好吧！
寒意
……
快誇獎我！
噗……

每次看到你們，就覺得人生有任何煩惱都是很蠢的事情啊。
欸？
哈啾!!
阿嗚你感冒了嗎？
應該沒有吧…只是有點冷。
我還要橘子。
剪祭典要用的紙花中。
橘子是最後一顆了啊——
是說，
最近阿嗚很常待在這欸。
明明之前都不太願意在上課時間過來地說！
俺也要橘子！剝給俺！

呃……因為這裡愈來愈舒適了？
是可可喔
班上那群找碴的
MAX
妖怪們
普通人
*煩人程度金字塔
而且有比你們還麻煩的傢伙出現了啊。
啊呵——啊呵——
本來我們是最麻煩的嗎！
……也許，
我更適合和妖怪相處吧。
阿嗚——
怎麼講了這麼可愛的話啊。
明明是個萬年傲驕的說！
啥啦。
嗚不擅長和人類相處的話，
不如來和我們一起住吧？
我一點都不想住在學校裡啊。

不過，
暖暖包效果
這也要鳴能一直看得到我們啊。
！
怎麼突然……
……
剩下的橘子給妳吧？
俺也要啊！
我會有，
看不到的一天嗎？

哈啾—
明明是一直以來都理所當然的事。
不會真的感冒了吧。
先回教室拿外套吧。
啊，這節是外堂課啊。
都沒有人。
突然就看不見妖怪什麼的，
看你還要囂張什麼啊！
是不可能的吧。
重擊！

~心跳☆森林王子殿下~

和隨從（猩猩）戰鬥超過500場會出現隱藏結局！
隨從會變回人類！
隨從 強尼
王子是我的一切…
強尼對王子的感情深厚到俺哭了一整晚啊！
主人公（女）完全沒有介入的空間！
是部神作!!
PS3
心跳☆森林王子殿下
欸…這樣啊。
感覺遊戲屬性完全變了啊。

從我有記憶以來，
我總是能看見別人看不到的東西。
chapter.5

是被稱為妖怪的存在，
和朋友說我看到的東西，
大家也都覺得很有趣。
直到有天，有個人這麼說了。
我媽媽說那些是不乾淨的東西，
阿嗚卻看得到很噁心吧？
欸，是這樣嗎？
不過怎麼可能有妖怪啊？
我之前就這樣覺得了。
不管怎樣，反正我們也看不到啊。
阿嗚和我們不一樣。
好奇怪。
是騙人的吧？
哈哈…

看得到妖怪是不好的嗎？
因為我和大家不一樣，所以才會被討厭嗎？
那這樣的話，
我只要當作看不到就好了吧。
那些「可怕的」東西。
但是現在，
有那群傢伙在。
如果是「這邊」的話⋯

就有我可以待的地方了吧。
為什麼…
欸？

看不見了…
阿嗚——
哇啊——
怎麼了!?
太近了!!

喂！
你沒事吧？
哇——
沒事吧——
嗚哇——
啊——沒事沒事。
阿新…怎麼在這裡？
痛…
我才想問你咧！
你倒在西校舍後面的樓梯那裡了。
是我帶你來保健室的。
啊…謝謝。
不過還真虧你能找到我啊。
是貓來找我的啊。
變回來了。
哇哇
阿嗚
那隻貓。

這隻貓…好像很常看到牠在阿嗚旁邊的樣子…
喵—
喵—
喵—
嗯？要叫我去哪裡嗎？
阿嗚！怎麼倒在這！
被貓帶路，還真是個神奇的事情是吧？
好像吉●ㄉ。
誇獎俺吧—！
啊，還真的是呢。
不過你怎麼會倒在那裏？
而且你臉上這是被打的吧…
不，沒什麼啦。
只是跌倒而已。
嘆

…算了，你這傢伙就是這樣啊。
別讓人太擔心了。
…新和老媽一樣愛碎碎念啊。
……
誰是老媽啊！
不要打擾病人！沒事的話就回教室去！
那我就先回去了。
老師要去開會，林鳴同學你好點後就回家去吧。
啊，好的。
嗯…那麼…
孰湖你們怎麼會在這？
而且還去找阿新來了？

我們不知道人類受傷該怎麼治療呀。
……抱歉。
我們可擔心了喔——！
真是的。
不過到底發生什麼事了？
我被打暈之後就沒記憶了…
是上次嚇到叫出來的人類呢。
欸？
剛剛阿嗚不是說要回教室嗎？
他怎麼在樓梯那裡？
啊！真的是阿嗚欸…
只是要給他點教訓而已吧。
要是出事了很麻煩的。
怎麼辦啊。
嘖。
你這膽小鬼！
什麼？之前被嚇到尖叫的可不是我啊。
呃啊！

什麼東西？
有誰在那裡？
哈啊？說什麼啊你。
剛有東西打到我了啊…
為什麼…突然有股壓迫感…
呀啊啊啊啊──…
呀啊！變態！
口水
呀！太噁心了！
哇啊──慘到我都有點同情他們了。
這只算是小小的惡作劇吧──
管他的呢♥
不過主要是小黑的功勞啊！
快稱讚我！

這樣啊……
…欸，所以小黑已經回去了嗎？
啊？小黑就在這裡啊。
…不是開玩笑吧？
嗯？在我手上喔？

我…
看不見？
阿嗚突然就看不到妖怪了？
真的假的啊！
戳
不、不要戳我啦！
戳
你們我都看得到啊。
所以說只有小黑嗎？
啊啦。
小黑看起來很失落啊。
吃個點心吧。

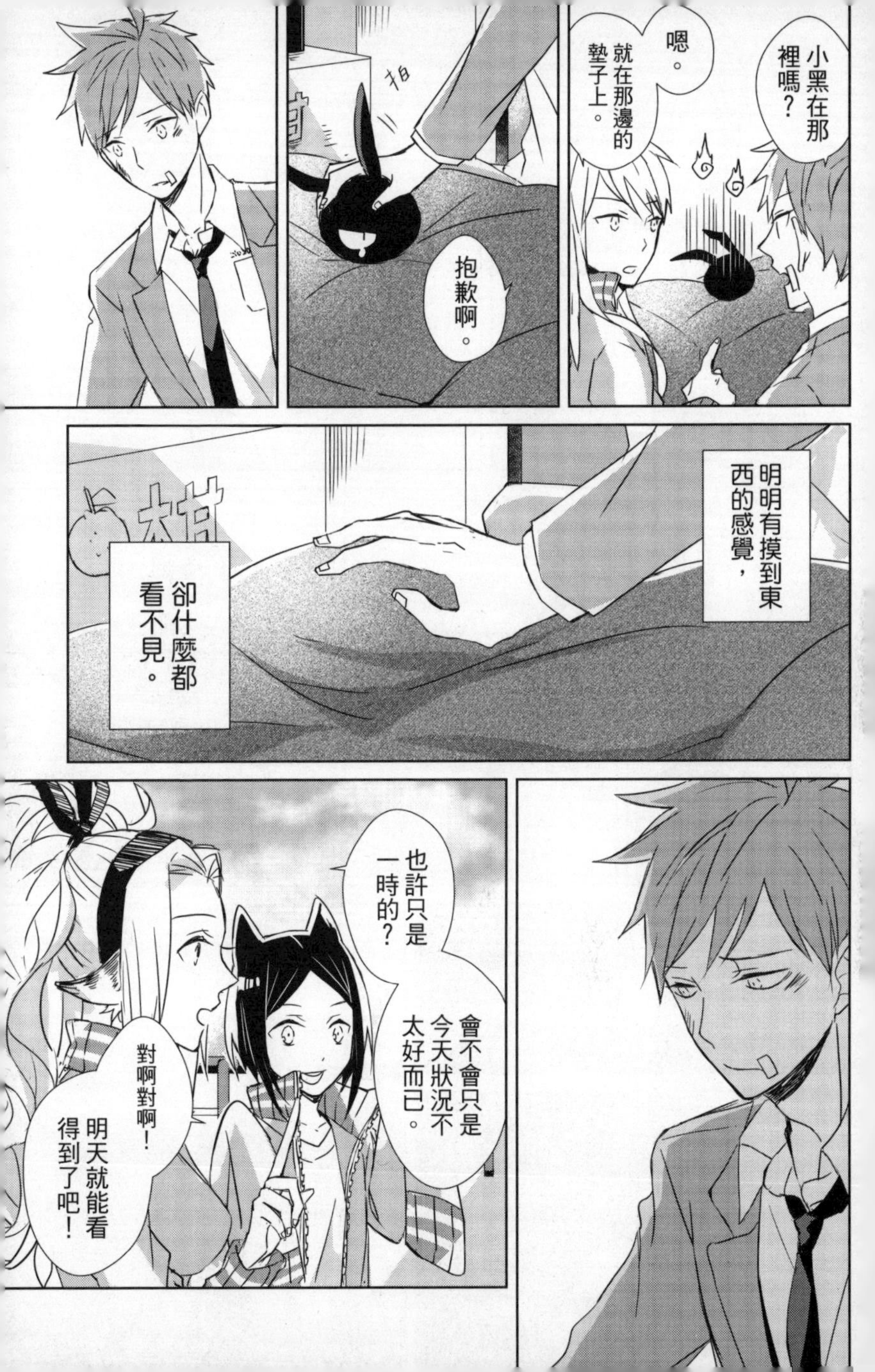

小黑在那裡嗎？
嗯。
就在那邊的墊子上。
拍
抱歉啊。
明明有摸到東西的感覺，
卻什麼都看不見。
也許只是一時的？
會不會只是今天狀況不太好而已。
對啊對啊！
明天就能看得到了吧！

比起這個，
沒關係嗎？
這些傷是其他人類做的吧？
嗯。
沒關係的。
阿嗚看起來好像不太生氣的樣子？明明被打了說。
我可以幫你吃掉他們喔。
不行的吧。
嗯——習慣了吧？
以前就遇到過了。
感覺反擊會更麻煩的吧？
光想就累啊。
阿嗚…
而且…
應該說是我的問題吧。
像小時候一樣，
因為是異樣的存在。

拍
阿嗚。
什麼？
？號碼布？
一起參加祭典吧！
會很開心的喔！

欸？
嘿呦——
二舍，你們的參加人數決定了嗎——？
九尾狐
第一宿舍住民
噢！阿九！
欸！那個是人類嗎！
嗯！是喔！
你們…
你們居然要偷派人類加入嗎！
實在是太奸詐了！
笑你沒有啊！
聽說他們非常善於祭典活動啊！
運動會
啊哈哈哈哈！
今年的二舍可不一樣了啊！
欸？已經直接決定我也要加入了嗎？
拍

人類的孩子，
嘎
我是不會輸的喔！
呃！好？
嘻嘻…
在很久很久以前，我也曾這樣和人類講話呢。
很期待喔。
那…
請多指教？
好欸——！
乖乖

咳
咳
嗚，感冒了？
嗯…是有點不舒服，不過應該還好吧。
你晚上踢被子了吧。
阿新，你就是會講出這樣的話，才像個老媽啊。
踢
如何？
盯——
不行…還是看不到。
這樣啊…
為什麼呢？
總覺得…
好有罪惡感…
應該有什麼原因嗎？

原因嗎…？
因為那天被打到頭？
但以前也沒有發生過這種情況…
應該說，以前我根本不會在乎，
如果看不到妖怪的話會怎樣吧。
給你吃麵包。
別哭了。
嘛——這也不能急嘛。
還是先來練習祭典的項目吧！
不是要練習嗎？為何拿出手把了？
只要有手把在手，
W●ii U
噹噹噹噹
不管什麼運動和活動，
都可以一手搞定!!
不用動
棒棒Der
這麼廢宅的話，別這麼理所當然好嗎？
我想玩馬●歐網球！
不過，祭典有要打網球嗎？
只是我想玩而已！
斬釘截鐵。

咻咻…
走回宿舍的路上。
啊…不小心又待到這麼晚了。
身體還是不太舒服的感覺…
這條路晚上還真是安靜——
等等，安靜？

晚上明明是妖怪最多的時間啊。
一直想起酸與說的話，
「這也要鳴能一直看得到我們啊。」
鳴，你回來啦！
怎麼看起來臉色這麼差？
沒事，我先睡了。
是嗎？晚安。
如果我不再能看得見的話……

和妖怪們就毫無聯繫了…
♪
啊！

是阿嗚！
跳！
阿嗚！你看！
我的紙花也摺得很好囉！
走過
欸？

寓，
怎麼了？
閃到腰了…
…我們和人類一起「生活」，
遇到的人類能不能看得到，一瞬間就能知道了。
那是…
完全沒有感受到我的存在的氣息。
阿嗚，看不到我了…

肌肉痠痛

手把揮的太認真。

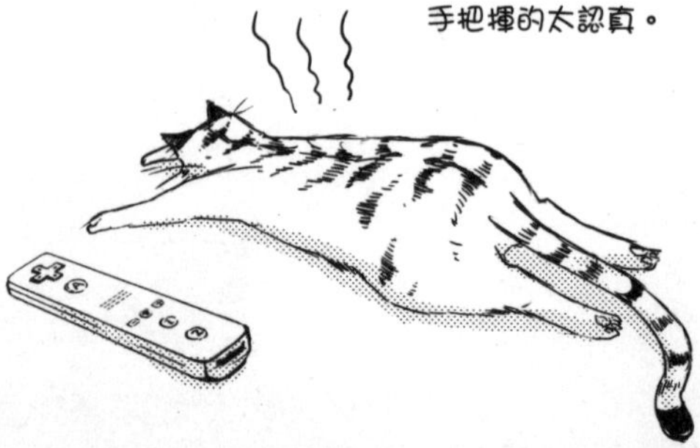

final chapter.

馬的！
是你搞的鬼吧！
雖然不知道你是怎麼做的，
讓我們這麼難堪！
下午2:10
已讀20 下午2:11
是三班的人吧？
下午2:11
已讀20 下午2:13
你也還真敢啊！
喂！還是別管他了！
反正一開始也是因為那女的，才整這傢伙的不是嗎！
我覺得他真的不對勁。
什麼！你現在是說是我的錯嗎！
臭女人閉嘴！
只出一張嘴叫個屁啊！
馬的！不行，
上次只是揍昏而已，根本便宜這傢伙了吧！

!?
唔呃！
……你這混蛋……
說真的，
我並不討厭你們這種人。

因為這是我的問題，
以前被欺負了，被討厭了，
就這樣一直害怕著，
一直假裝著，
逃避著…
但是如果因為你們，
我再也看不到他們的話，
我……

搖晃
……
算了。
退
……
可惡！
混蛋！
喂。
嗚噗!!

誰啊！
接下來，
燦笑
換我跟你們玩吧？
欸？
喧嘩
喧嘩
捏

二年三班
現在要來開會處理，
祭典緊急會議!!
阿嗚看不到妖怪了這件事！
沒想到有這麼認真使用宿舍裡的東西的一天啊。
不只是小黑，連寓都看不到了嗎？
從小黑到寓，應該是因為能力的強弱吧？
？←小妖怪←鞦(無名妖)
那會不會現在已經大家都看不到了啊。

這樣阿嗚是不是沒辦法參加祭典了?
畢竟看不到。
真的欸!
啊啊啊啊!
本來就缺人，現在阿嗚也不能加入了。
而且搞不好不用來還會很開心!
他最討厭麻煩了啊!
你幹嘛自己說自己是麻煩啦。
……
最近嗚總是一臉沉重的樣子，
來祭典一定會很開心的啊。
…看不到我們也沒關係。
但我希望嗚可以一起來祭典的。
……

就算看不到也…
孰湖，你在幹嘛？
哇啊—
阿嗚～～～！
欸？
為什麼這麼驚訝啊！
不是天天都會來的嗎？
嘎噗!!
阿嗚—
啊嗚喔喔喔—
脖子嘎了一聲…
一瞥

鬆一口氣
看到燈亮著，我想你們現在應該在教室裡，
這還給你。
我感冒有點不舒服，
你們明天的祭典我就不參加了，
抱歉啊。
人類生病的時候該怎麼辦啊？
蔥！俺聽說蔥很有用的！
插到菊花裡！
慌張
不用了謝謝。
我心領了。

聽說把優酪乳加熱喝很有效喔？
聽起來非常不好喝欸！
我們這的偏方是什麼？
吃風乾的軼吧？
像風乾史萊姆那樣。
！！
噗！
啊，說起來，
今天只有孰湖你和白虎在這嗎？
連酸與都不在還真是難得。
……
…嗯。
明天就是祭典了嘛！
大概還在準備吧。
苦笑
是我…

看不見了嗎？
是嗎…幫我跟他們說一聲抱歉吧。
我先走了…
阿嗚！
祭典開始時間是明天晚上12點，
似曾相識的一張圖…
12:00
祭典開
欸？我都說了我不能參加…

是到203來。
欸？來這裡？
一下下也可以。來吧！
嗯…
好吧。我知道了。
那我先回去了。
阿湖，你打算要做什麼？
就像往常一樣啊！

不舒服的話就回宿舍睡吧。
睡一醒
落。
11:55
要12點了…
年三班
如果，
打開後空無一人的話…
如果…
我已經看不到他們了…

連孰湖也……
心痛…
!
嚇到了嗎？
……
那麼來這邊吧！
?
要做什麼…
祭典啊！
要開始了喔！

看
沙沙
果然…
什麼都看不到了啊。
有阿嗚你的飲料喔！
不含酒精！
等等還可以吃手工三層便當！
一年五班阿良的女朋友做的。
是在賞花嗎這。
你們又從哪裡拿來的啊。

咚
孰湖。
你知道我看不到了吧。
…嗯。
小時候希望的事情，
真的發生之後…

卻是…
這麼…
令人悲傷。
……
最後，
我會連你都看不見嗎？

阿嗚，
你轉過來。
來來來！
招
嗯？
抓！
憋住呼吸♪
!!
撞到桌子
……唔嗯。
阿嗚！
撞到頭
你以為……

你以為這樣，
就可以擺脫我們了嗎！
太天真惹！
啊？
我們可是攻略了一開始一直無視我們的阿鳴欸！
多麼辛苦你知道嗎！
雖然很有趣！
……
？
啊！來了！
什麼…

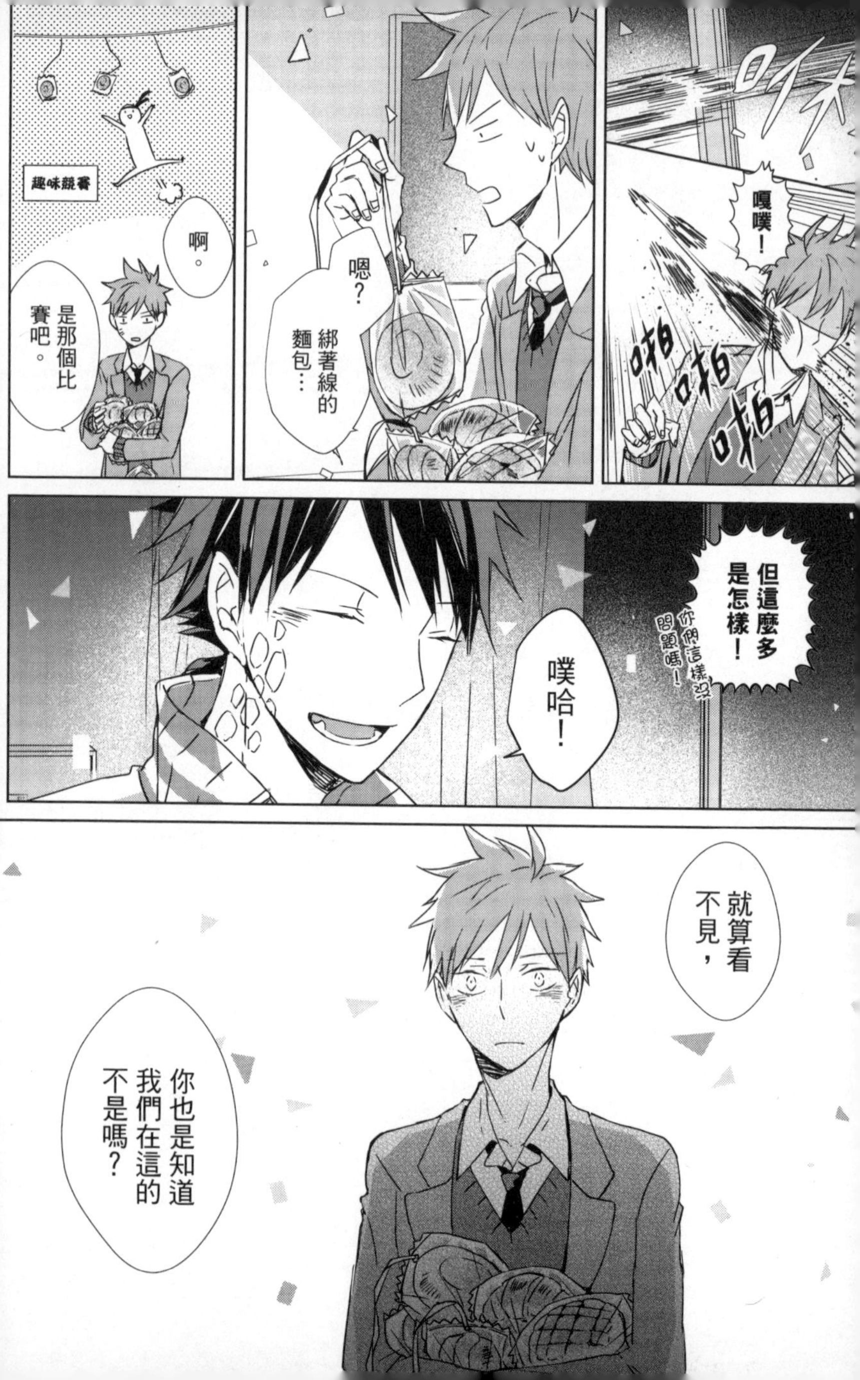
嘎噗！
啪
啪
啪
嗯？綁著線的麵包……
趣味競賽
啊。
是那個比賽吧。
但這麼多是怎樣！
你們這樣沒問題嗎！
噗哈！
就算看不見，
你也是知道我們在這的不是嗎？

搶下全部給阿嗚吧！
這個項目不是這樣比的啊！
人類的時間對我們來說可不算什麼。
阿嗚你就做好覺悟吧！
噗哧！
啊哈哈哈哈哈…
難得一見！
啊喔？阿嗚居然噴笑了！
什麼啊…
啊哈哈哈…
你們真是煩死人了啊。

啊啊——鬆一口氣之後覺得整個熱度都上來了…
頭好痛…
完全沒問題！
昏倒了我會把阿嗚帶回去的喔。
用扛的！
是是。
…孰湖。
現在大家都在參加祭典嗎？
嗯。很熱鬧喔。

是嗎？
那真是太好了啊。
回宿舍之後我發燒病了三天，
不是本來就感冒了嗎？
粥
你是笨蛋嗎？給我好好休息啊混蛋！
對…對不起。
被新發現我半夜溜出來而被罵了一頓。
那麼——

恭喜阿嗚！
太好了
感冒終於好了！
賀！！
又可以看到我們了！
看不到是因為感冒感知變差了啊！
嗚啊
啊啊啊啊不要說了！很丟臉啊！
阿嗚還哭了呢——
我也想看
阿嗚阿嗚！
翟戈
麵包有發現是我們給的嗎？
嗯。
還有花吧，我知道喔。
欸嘿♪
啊，不過你們的比賽最後怎樣了？

華麗地拿了最後一名了啊。
畢竟二舍人數一直都比較少嘛。
接力賽姣還要自己跑兩棒呢。
下次叫他們來戰2D啦！這樣俺可就不會輸了啊！
用主機來勝負吧！
這次主要是因為前半場孰湖幾乎都不在吧？
不過我們大概拿到了一年分的麵包喔。
下次叫阿九換些別的食物啦。
麵包要這麼多幹嘛啊。
啊——
……
明年，
我會一起加油的。

一定要的啊！
阿新…
嗯？
我是個奇怪的人嗎？
啊？
沒頭沒尾在說什麼啊。
你當然是吧。
完全就是個死怪咖。
秒答。
難搞，老做些奇怪的事，
又不愛把自己的事說出來。
……
……嗯。
真直白啊。
不過…

這樣才是你吧。
所以沒關係。
…該怎麼說，聽起來有點害羞…
臉紅
心揪了一下。
不准害羞啊。
你這樣會害我覺得很羞恥的啊混蛋。
啊。
唷啊——
欸？
你做了什麼嗎？
踩

那傢伙不愛向別人求助，我也是不好說什麼。
不過這次真是有點過分了呢。
下次敢再搞嗚試試看，
就不會只是發發照片就了事了。
是…
是嗎？
嘛——誰知道呢？
！
喵嗚（阿嗚）——！
阿嗚！來玩吧！
來玩吧
我先把這隻貓抓出去吧。
喔！
牠還真喜歡你阿。

那傢伙，
小聲
就麻煩你們了。
…阿嗚！
幹嘛？
人類果然有許多有趣的傢伙呢！
什麼啦。
肚子餓了～

後記

初次見面！感謝大家看完這本書。
有點小雀躍！
作者
原稿
這是我的第一本單行本，
雖然才連載半年，但這故事其實已經伴隨我三年了！
第一回是2013年時刊載的短篇，
長的完全是不同次元的角色了…
單行本有做一些修正，
如果感受到前後的落差，請用溫暖的心看他們！
203能夠好好完成，首先還是要感謝責任編輯小將！
幾乎我什麼麻煩的要求都會答應，治癒系的小天使！
此臉的閃耀度，聊表我對責編的感謝之心！
順帶一提，責編最喜歡的角色是阿新！
我看完最終回的稿子了，然後我想說啊…
怎…怎樣！？
緊張
阿新的臉不夠帥啊!!!
對不起喔!!!
對於故事和成品，也會提出很好的建議。
這點真的很棒！
所以這個地方，阿嗚因為……所以……（略）
阿嗚在這段的想法應該是這樣吧？
分鏡。
原來…阿嗚是這樣想的啊！
我都沒發現呢！
OH!
喂！作者！

畫最終回時，因為時間實在不夠，請了友人來當助手小精靈，陪我熬了好幾天夜。
沒有你就沒有最終回了啊！
交給我吧，
我也不想看到你暴斃。
助手
嘎嗶他媽
我現在閉上眼睛，都會浮現桌椅的樣子…
但是大概還有十張教室要畫喔！
好…來吧！
最終回有很多的背景都是出自友人的努力。
宛如遇難中的兩人
友人還會邊畫邊給我感想。
阿嗚其實是女主角吧？
欸！是嗎？
我去問責編！
錯了
單行本的標準字和部分設計，請了一個擅長這領域的朋友幫忙。
這樣的排版覺得如何？
欸…不夠喜歡欸。
可惡！
好！下一個！
盯
203號室的妖怪先生
設計
貓奴叭叭
標準字真是做的太美了！
包容了我不少任性的要求，
你還不算非常機車啦，
普通而已！
對我來說，他就是神一般的存在。
還有其他許多在趕稿途中給了我支持的朋友們，
都十分感謝！
綠茶
阿芸
常幫我校正彩稿顏色的瑞瑞
梗
給我很多梗靈感的大心心
總之，203能平安的完結真是太好了！
雖然一直在想結尾好像很多還沒交代完。
依照一般漫畫而言，
我是不是應該處理的更有大團圓結局點的感覺！
沒差吧，反正你這也不是什麼正規的故事啊。
編
說的也是。
也非常感謝讀者們！
那就下次再見囉！

203號室的妖怪先生㊎

COMIC BY

M A E

【發行人】范萬楠
【發行所】東立出版社有限公司
【地　址】台北市承德路二段81號10樓
TEL：(02)25587277　FAX：(02)25587296
【香港公司】東立出版社香港有限公司
【地　址】香港北角渣華道321號
柯達大廈第二期1901室
TEL：23862312　FAX：23618806

【劃撥專線】(02)25587277　分機0
【劃撥帳號】1085042-7
【戶　名】東立出版社有限公司

【責任編輯】游硯仁
【美術編輯】陳心怡
【印　刷】福霖印刷事業有限公司
【裝　訂】五將裝訂股份有限公司
【版　次】2015年7月10日第1版第1刷發行
2016年5月30日第1版第4刷發行

ISBN　978-986-431-672-4